AF458864

EN AVANT

ÉPITRE A LOUIS BOUILHET

Auteur de Mme DE MONTARCY

PAR

HENRI LEFORT

Sonnez, sonnez toujours clairons de la pensée!

VICTOR HUGO.

Prix : 30 Centimes

PARIS
Librairie de Mme GOT, Galeries de l'Odéon
Et chez les principaux Libraires

1856

EN AVANT!

A Louis BOUILHET

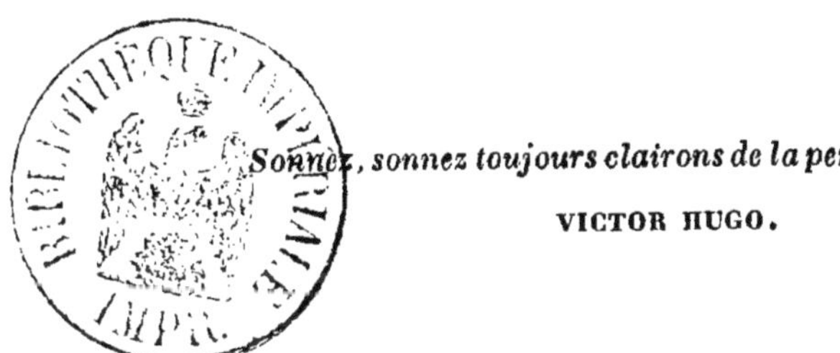

Sonnez, sonnez toujours clairons de la pensée!

VICTOR HUGO.

Bravo, bravo, poète! En ces temps douloureux
Les plus indignes sont souvent les plus heureux;
Le succès est alors un lâche qui m'irrite;
Mais vous l'avez contraint à suivre le mérite,
Je suis heureux de voir qu'il est juste aujourd'hui.
Trop rarement, hélas! je pense comme lui.
Votre voix inspirée, audacieuse et forte
A ceux qui vont criant: la poésie est morte,
Vient enfin de lancer un vaillant démenti,
Et, couvrant leurs clameurs, vos vers ont retenti.

Comme au bruit du clairon, le soldat dans sa tente
S'éveille, en entendant la fanfare éclatante;
Ceux qui dormaient encor se lèvent. — Ils verront
Passer la Poésie, une auréole au front.
Elle est toujours debout, elle est toujours vivante.
Trop souvent cette reine est traitée en servante;
Mais la foule, à travers les baillons étouffans
Entend, parfois encor, la voix de ses enfans.
Elle est toujours vivante, elle est toujours aimée;
O vous qui la disiez dans la tombe enfermée,
Qui vouliez faire croire au silence, à la nuit,
Écoutez donc. — Les morts ne font pas tant de bruit.
Hugo, dans son exil, chante, et le monde écoute.
Un poète nouveau s'élance sur sa route
Et le rayonnement des deux noms glorieux
Du maître et de l'élève éblouit tous les yeux.
Poète, à votre appel la jeunesse accourue
Vous applaudit, pendant que la foule se rue
Au temple de la Bourse adorer le veau d'or.
Le temple de l'Esprit n'est pas désert encor.
On dirait que le jour va chasser la nuit sombre;
La jeunesse s'éveille. — Elle est encor dans l'ombre,
Mais l'horizon blanchit aux clartés du soleil.
Comme un oiseau chantant le matin, au réveil,
Dans la forêt obscure encore et frémissante,
L'espoir au cœur, j'entends un poète qui chante. —

Mais je veux vous parler avec sincérité.
Ami, je vous dirai toute la vérité.
Celui, qui se sent faible ou méchant, la redoute ;
Celui qui, comme vous, est fort et bon l'écoute.
L'homme fort sans danger aspire à pleins poumons
Le grand air vif et pur qui souffle sur les monts.
La faiblesse à cet air est bien vite abattue. —
Ainsi la vérité nous fait vivre, ou nous tue.
Je vous connais, — je peux vous parler franchement
Et mêler la critique à l'applaudissement.
Parfois sur une tombe on voit fleurir des roses
Au soleil du printemps et de la vie écloses ;
L'air en est embaumé, mais une odeur de mort,
Mêlée à leur parfum, de cette tombe sort.
La tombe, c'est la cour que vous avez choisie
Pour y semer les fleurs de votre poésie,
La cour de ce vieux roi d'un orgueil délirant
Par ceux qui se faisaient petits, surnommé grand.
La révolution a renversé l'idole
Et nous voyons un homme égoïste et frivole
Où nos pères voyaient un demi-dieu. — Pour vous
Je crois que vous pensez à peu près comme nous ;
Vous avez nos amours et vous auriez nos haines
Si l'art ne vous gardait sur ses hauteurs sereines.
Pourquoi descendre alors dans la cour de ce roi,
De ce tyran pompeux qui dit : l'État c'est moi ?

L'État c'est toi! — Les gueux qui labourent la terre
Ne sont rien : — le sujet doit payer et se taire.
Danse donc à Versailles (1) avec tes courtisans,
Mange dans des plats d'or, et les bons paysans,
Mourant de faim, paîront la corvée et la taille (2).
L'État c'est toi! — Combien sur les champs de bataille
Sont morts, soldats obscurs, dans des combats fameux.
Pour toi seul est la gloire, et la tombe est pour eux.
Tu n'avais même pas leur vulgaire courage,
O grand roi! — *Ta grandeur t'enchaînait au rivage.*
Mais il fallait la guerre à tes ambitions,
Et l'Europe fumait du sang des nations.
Enfin la Maintenon, digne d'être ta femme,
Pour faire ton salut conseille l'œuvre infâme
Des persécutions. — Tes dragons triomphants
Massacrent les vieillards, les femmes, les enfants (3).
Alors l'aigle de Meaux fondant sur cette proie
Flaire l'odeur du meurtre, avec des cris de joie,
Bossuet, Bossuet approuve ce dessein (4). —
Le Saint-Père bénit l'adultère assassin (5).
Les protestants martyrs tombent dans les Cévennes.
O grand roi! — Sois maudit! Tout le sang de leurs veines
Ruisselle sur ton règne, et la tache de sang
Aux clartés du progrès semble aller grandissant.
Au nom de la morale une, sainte, éternelle,
Je cloue au pilori ta tête criminelle.

Ton mot insensé fit guillotiner un roi,
Quand Louis seize est mort, son bourreau c'était toi!
Tu me fais souvenir que j'ai chanté la haine
Et l'indignation fait mon vers, et m'entraine.

Sous ton règne sont nés des poètes fameux,
Pourquoi donc t'admirer, moi, je n'admire qu'eux.
Ils ont mis à ton front le reflet de leur gloire.
Flatteurs des rois, voici le livre de l'histoire,
Lisez — Racine meurt parce qu'il te déplait,
Tu fais de Molière un maître de ballet,
Corneille est misérable. — Arrière, poésie,
Si tu dois embellir des rois de fantaisie,
Ne leur consacre pas les fictions de l'art.
Il faut rendre à César ce qu'on doit à César.

Mais que vient faire ici cette sortie étrange;
Je n'ai pas, dites-vous, entonné la louange
De ce Louis quatorze; — et pourquoi ce courroux?
Les persécutions m'indignent comme vous.
J'ai voulu faire un drame et non une satire,
Et d'ailleurs, au théâtre, on ne peut pas tout dire.
Le silence du peuple est la leçon des rois,
Et le silence aussi du poète. — Je crois
Que s'il ne peut flétrir cette majesté sombre,
Il doit passer muet et la laisser dans l'ombre.

Votre sujet de drame est un vieillard ridé
Venant au rendez-vous à grand tort accordé
Par votre poésie, ardente jeune fille
Dont la bouche sourit, et dont le regard brille.
C'est un spectacle étrange, hélas ! et douloureux
De la voir à côté de ce vieil amoureux.
On lui souhaite alors, puisqu'elle est jeune et belle,
Un amant jeune et beau qui soit plus digne d'elle.
Je suis franc, n'est-ce pas ? et peut-être brutal. —
Pardonnez-moi — je dis le bien comme le mal.
Ami, nous saluons en vous un vrai poète,
Vos vers étincelants ont fait baisser la tête
A ces poètes faux, rimeurs froids, impuissants,
Qui se donnent le nom d'*école du bon sens*.
Leurs yeux sont éblouis, ils ont vu votre drame
S'élancer dans l'arène en secouant sa flamme. —
Votre richesse a fait pâlir leur pauvreté,
Ces eunuques ont peur de la virilité.
Ils ont trop de bon sens pour avoir du génie ;
Le poète, en voyant ces rimeurs, les renie ;
Prudhomme les acclame, ému, fier et surpris
De pouvoir applaudir des vers qu'il a compris.
Laissez-les donc ramper et montez sur les cîmes,
Poètes inspirés, poètes, fous sublimes !
Dans l'azur radieux de la fraternité,
Élevez-vous, chantant l'amour, la liberté,

Le travail, ces leviers qui remûront le monde
Quand on n'entendra plus le tonnerre qui gronde. —
La vieille tragédie a pour héros les rois,
Mais nous ne suivons plus les chemins d'autrefois;
Laissez-lui ses héros, et vous, ayez les vôtres.
Le drame lui succède et le drame en veut d'autres ·
La révolution a passé son niveau
Sur tous les fronts. — Le peuple est le héros nouveau.
Mettez-le sur la scène et que le drame anime
Sa figure à la fois triviale et sublime;
Oubliez les palais, les rois, les courtisans
Pour les hommes du peuple, ouvriers, paysans.
Montrez-nous ce qui bat d'espoir et de souffrance
Dans le cœur de ces gueux, le vrai cœur de la France.
Dans le peuple puisez vos inspirations,
Dites-nous ses douleurs, ses mœurs, ses passions,
Ses luttes, ses amours, ses vertus et ses crimes;
Vivez dans ce milieu plein de drames sublimes.
Et vous, ô mon ami, sur ce nouveau chemin
Suivez les grands penseurs qui vous tendent la main.
Votre inspiration de Dieu sera bénie.
Vous avez le talent, vous aurez le génie.
Si vous ne voulez pas mourir, vous si vivant,
Aimez l'art pour l'Idée, en avant, en avant!

NOTES

Je tiens à établir que je n'ai pas voulu me livrer à propos de Louis XIV à des exagérations déclamatoires, aussi indignes du poète que de l'historien. Je sais que je ne convaincrai pas ceux qui admirent le passé, quand même. *Ils ont leur raison pour cela. Que m'importe! je n'écris pas pour eux; j'écris contre eux.*

Mais ceux qui sont impartiaux pourront voir par ces notes recueillies à la hâte qu'il suffit d'interroger l'histoire, si rapidement que ce soit, pour savoir à quoi s'en tenir sur le grand siècle *et sur le* grand roi.

H. L.

---

(1)

En 1690, les dépenses de Versailles, mais de Versailles seul, s'élevaient déjà à la somme de 88 millions.

Manuscrit authentique de MANSART.

D'après Guillaumet, ancien architecte des bâtiments de la couronne sous Louis XVI, Versailles et tous les jardins et châteaux royaux qu'on lui avait donnés pour satellites, auraient coûté, pendant le règne de Louis XIV, 187,078,537 livres. Cette somme représentait alors une valeur beaucoup plus considérable qu'aujourd'hui.

(2)

Le mal est poussé à l'excès. Si l'on n'y remédie, le même peuple tombera dans une extrémité dont il ne se relèvera jamais; les grands chemins de la campagne et les rues des villes et faubourgs étant pleins de mendiants que la faim et la nudité chassent de chez eux......

Par toutes les recherches que j'ai pu faire depuis plusieurs années que je m'y applique, j'ai fort bien remarqué que dans ces derniers temps, près de la dixième partie du peuple est réduite à la mendicité et mendie effectivement; que des neuf autres parties, il y en a cinq qui ne sont pas en état de faire l'aumône à celle-là, parce qu'eux-mêmes sont réduits, à très-peu de chose près, à cette malheureuse condition; que des quatre autres parties qui restent, les trois sont fort malaisées et embarrassées de dettes et de procès, et que dans la dernière où je mets tous les gens d'épée, de robe, ecclésiastiques et laïques, toute la noblesse haute, la noblesse distinguée et les gens en charge militaire et civile, les bons marchands, les bourgeois rentés et les plus accommodés, on ne peut pas compter sur cent mille familles, et je croirais mentir quand je dirais qu'il n'y en a pas dix mille, petites ou grandes, qu'on puisse dire être fort à leur aise, et qui en ôterait les gens d'affaires, leurs alliés et adhérents couverts et découverts, et ceux que le roi soutient de ses bienfaits, quelques marchands, etc., je m'assure que le reste serait en petit nombre.

VAUBAN. Préface de *La Dime royale.*

*

Pour moi, si je prenais la liberté de juger de l'état de la France par les morceaux de gouvernements que j'entrevois sur cette frontière, je conclurais qu'on ne vit plus que par miracle, que c'est une vieille machine délabrée qui va encore de l'ancien branle qu'on lui a donné et qui achèvera de se briser au premier choc.

Je serais tenté de croire que notre plus grand mal est que personne ne voit le fond de notre état, que c'est même une espèce de résolution prise de ne point le voir, qu'on n'oserait envisager le bout de ses forces auquel on touche; que tout se réduit à fermer les yeux et à ouvrir la main pour prendre toujours, sans savoir si l'on trouvera de quoi prendre; qu'il n'y a que le miracle d'aujourd'hui qui réponde de celui qui sera nécessaire demain; et qu'on ne voudra voir le détail de nos maux pour prendre un parti proportionné que quand il sera trop tard. Les peuples ne vivent plus en hommes, et il n'est plus permis de compter sur leur patience, tant elle est mise à une épreuve outrée. Les intendants font malgré eux presque autant de ravage que les maraudeurs, ils enlèvent jusqu'aux dépôts publics.

On ne peut plus faire le service qu'en escroquant de tous côtés. — C'est une vie de Bohême (*sic*) et non pas de gens qui gouvernent. — Il paraît une banqueroute universelle de la nation.

FÉNÉLON. ***Deuxième mémoire sur la succession d'Espagne.***

*

« Sire, disait au roi, Colbert, votre Majesté a tellement mêlé ses divertissements avec la guerre de terre qu'il est bien difficile de les diviser. Et si votre Majesté veut bien examiner en détail combien de dépenses inutiles elle a faites, elle verra que si ces dépenses étaient retranchées, elle ne serait pas réduite à la nécessité où elle est. »

(3)

« Sa Majesté veut qu'on fasse éprouver les dernières rigueurs à ceux qui ne voudront pas se faire de sa religion, et ceux qui auront la sotte gloire de vouloir demeurer les derniers doivent être poussés jusqu'à la dernière extrémité. — Qu'on laisse, dit-il ailleurs, vivre les soldats licencieusement. »

Instructions de* LOUVOIS *aux Chefs des Dragonnades.
Novembre 1685.

*

La peine de mort est décrétée contre les ministres rentrés sans permission dans le royaume et les galères contre quiconque leur donnera asile, peine de mort contre quiconque prendra part à une assemblée (1er juillet 1686). Et cette peine n'est pas simplement comminatoire ! Toutes les fois que les soldats peuvent surprendre des protestants réunis pour prier dans quelque lieu solitaire, ils ne les abordent qu'à coups de fusil. Ceux qui échappent au plomb et au fer sont envoyés au gibet ou aux galères.

*

L'enlèvement des enfants mit le dernier sceau à la persécution......... Un édit de janvier 1686 ordonna que les enfants de cinq à seize ans fussent enlevés à leurs parents hérétiques et réunis à des parents catholiques, ou, s'ils n'en avaient pas, à des catholiques désignés par les juges.

HENRI MARTIN, *t. XVI.*

*

Prenez vos plumes sacrées, vous qui composez les annales de l'Église, agiles instruments « d'un prompt écrivain et d'une main diligente. » Hâtez-vous de mettre Louis avec les Constantins et les Théodoses. Ceux qui vous ont précédé dans ce beau travail racontent « qu'avant qu'il y eût eu des empereurs dont les lois eussent ôté les assemblées aux hérétiques, les sectes demeuraient unies et s'entretenaient longtemps. — Mais, poursuit Sozomène, depuis que Dieu suscita les princes chrétiens et qu'ils eurent défendu ces conventicules, la loi ne permettait pas aux hérétiques de s'assembler en public, et le clergé qui veillait sur eux les empêchait de le faire en particulier. De cette sorte, la plus grande partie se réunissait, et les opiniâtres mouraient sans laisser de postérité, parce qu'ils ne pouvaient ni communiquer entre eux, ni enseigner librement leurs dogmes. »

Ainsi tombait l'hérésie avec son venin, et la discorde rentrait dans les enfers, d'où elle était sortie. Voilà,

Messieurs, ce que nos pères ont admiré dans les premiers siècles de l'Église. Mais nos pères n'avaient pas vu, comme nous, une hérésie invétérée tomber tout à coup, les troupeaux égarés revenir en foule, et nos églises trop étroites pour les recevoir, leurs faux pasteurs les abandonner sans même en attendre l'ordre, et heureux d'avoir à alléguer leur bannissement pour excuse; tout calme dans un si grand mouvement, l'univers étonné de voir dans un évènement si nouveau la marque la plus assurée comme le plus bel usage de l'autorité, et le mérite du prince plus reconnu et plus révéré que son autorité même. Touchés de tant de merveilles, épanchons nos cœurs sur la piéte de Louis. — Poussons jusqu'au ciel nos acclamations; et disons à ce nouveau Constantin, à ce nouveau Théodose, à ce nouveau Marcien, à ce nouveau Charlemagne, ce que les six cent trente Pères dirent autrefois dans le concile de Chalcédoine : « Vous avez affermi la foi, vous avez exterminé les hérétiques, c'est le digne ouvrage de votre règne, c'en est le propre caractère. — Par vous l'hérésie n'est plus, Dieu seul a pu faire cette merveille. — Roi du ciel, conservez le roi de la terre; c'est le vœu des églises, c'est le vœu des évêques. »

Quand le sage chancelier reçut l'ordre de dresser ce pieux édit qui donne le dernier coup à l'hérésie, il avait déjà ressenti l'atteinte de la maladie dont il est mort . . . . . .
. . . . . Seulement Dieu lui réservait l'accomplissement du grand ouvrage de la religion, et il dit en scellant la révocation du fameux édit de Nantes qu'après ce triomphe de la foi et un si beau monument de la piété du roi, il ne se souciait plus de finir ses jours.

BOSSUET. *Oraison funèbre de Michel Letellier.*

*

Le pape, quoiqu'il lui en coûte de louer un ennemi, ne croit pas pouvoir se dispenser de répondre à l'annonce officielle de la révocation par un bref où il témoigne à Louis sa joie d'une action si digne d'un roi très-chrétien (13 novembre 1685).

Le bruit courant en Angleterre et ailleurs qu'il désapprouve la conduite du roi de France, il se décide, quoiqu'un peu tardivement, à célébrer la révocation par un consistoire ad hoc et par un *Te Deum* (mars 1686).

Henri Martin, *t. XVI.*

Vaugirard, Typographie d'Alfred Choisnet, rue de l'Église, 6.

www.ingramcontent.com/pod-product-compliance
Ingram Content Group UK Ltd.
Pitfield, Milton Keynes, MK11 3LW, UK
UKHW021926230726
13925UKWH00007B/2450